悦会 唐诗

安卓卡通 编

空山钟声 |眺云|

陕西新华出版传媒集团
三秦出版社

图书在版编目（CIP）数据

空山钟声.眺云 / 安卓卡通编.
—西安：三秦出版社，2015.1（2020.5重印）
（悦绘唐诗系列）
ISBN 978-7-5518-0398-4

Ⅰ.①空… Ⅱ.①安… Ⅲ.①唐诗－诗歌欣赏
Ⅳ.①I207.22

中国版本图书馆CIP数据核字（2012）第312283号

空山钟声·眺云

责任编辑	曾苗
美术设计	安卓卡通
出版发行	陕西新华出版传媒集团　三秦出版社
社　　址	西安市雁塔区曲江新区登高路1388号
电　　话	（029）81205236
邮政编码	710061
印　　刷	天津奥丰特印刷有限公司
开　　本	787mm×1092mm　1/16
印　　张	4.5
字　　数	7千字
版　　次	2015年1月第1版 2020年5月第2次印刷
标准书号	ISBN 978-7-5518-0398-4
定　　价	19.80元
网　　址	http://www.sqcbs.cn

花季绘：妙不可言的唐诗体验

——代序言

如果抛开表达的方式，仅从感知世界这个层面来讲，艺术是相通的，所以就有了通感的存在。作为语言文字的艺术，好的诗歌同样也能突破语言、文字这些载体的束缚，给我们带来更为通透、更为丰富、更为生动的跨感官的审美享受。唐诗，在东方大地上空飘荡千年的行吟歌声就是经典的审美个案，她至今仍能给我们带来丰富的审美感受和强大的审美冲击！

唐诗，是中国的，更是世界的；是传统的，但不是固步自封的。我们不仅能感受唐诗语言文字之美、音律节拍之美，更想去分享诗人的心底境遇。每一首唐诗在我们的眼里犹如一段赏心悦目的短片。千年以来，人们对唐诗的呈现更多的是极力再现、还原诗人最初创作场景以及原始冲动，忽略读者的主观感受。翻阅演绎唐诗的各种版本也都是照搬、重现唐诗风情画面。我们对唐诗仅止于目睹诗人作诗而自己袖手旁观吗？这样，我们做这套书的意义就凸显了。

我们应该主观地体验唐诗，而不是被拘泥在一个小小的框里，"花间一壶酒"的酒非要是花雕、竹叶青之类的古酒吗？一杯茅台甚至洋酒，不可以吗？读诗非要宽袍大袖、古风十足才行吗？女人不能读李白的诗吗？洋人不能学习王维的诗吗？唐诗是不朽的，纵情奔放，若天马行空，任何禁锢它的想法都只是妄念，我们设定的读者主体是花季少女，陶冶情操、培

养气质。所以，我们摒弃传统表现，即把唐诗的诗意或情节以简单故事漫画形式直白地表达出来，而是用最能体现心理状态又充满美感的手绘形式来展现，把唐诗变成了绘本，给每个人感受唐诗的机会，既完美地阐释了唐诗的意境，又符合现代人的审美特征，让唐诗不再高高在上，而能抒情达意，甚至成为一种时代潮流，引领时尚。把传统和时尚完美地结合起来，使得唐诗实现了一次跨越时空的审美穿越。

以往版本的唐诗是对传统的追溯，这套书更关注读者的自由思维、发散想象。这是我们备受压力的原因，更是本书的亮点。宁愿华丽转身，别开生面，赋予它新的意义和使命，也不再老调重弹。相信《悦绘唐诗》是绝佳的视觉盛宴，更是美妙的心灵之旅。

云卷云舒……1

鹿柴……王　维 02
竹里馆……王　维 04
山居秋暝……王　维 06
终南别业……王　维 08
鸟鸣涧……王　维 10
过香积寺……王　维 13
叹白发……王　维 14
山中寄诸弟妹……王　维 16
中夜起望西园值月上……柳宗元 18
渔翁……柳宗元 21
北青萝……李商隐 23
秋晚宿破山寺……皎　然 24
戏赠灵澈上人……吕　温 26
过仙游寺……卢　纶 29
寻南溪常山道人隐居……刘长卿 30

清风明月……33

画松……景　云 35
花非花……白居易 37
碧涧泉水清……寒　山 39
饭覆釜山僧……王　维 40
栾家濑……王　维 42
终南山……王　维 44
雨后晓行独至愚溪北池……柳宗元 46
江雪……柳宗元 48
白云泉……白居易 50
题义公禅房……孟浩然 53
夜归鹿门歌……孟浩然 54
宴梅道士山房……孟浩然 56
题破山寺后禅院……常　建 58
酬晖上人秋夜独坐山亭有赠送……陈子昂 61
寻陆鸿渐不遇……皎　然 62

回看天际下中流，岩上无心云相逐。

——《渔翁》

云卷云舒

Yun juan yun shu

鹿柴[1]

王维

空山不见人，但闻人语响。
返景入深林[2]，复照青苔上。

☀ **注解**
[1]鹿柴（zhài）："柴"通"寨"，诗人所居辋川别墅附近的一个地名。
[2]返景："景"通"影"，返景指日落时分，阳光反射到东方的景象。

☀ **诗意**
　　幽静的山林里，四处张望却看不见一个人影，只是从树林间传来断断续续热闹的喧哗声。夕阳的余晖笼罩着整片山林，在远处形成暗影，连石阶缝里的青苔也好似一起变暗了。

03

竹里馆

王维

独坐幽篁里①，弹琴复长啸②。
深林人不知③，明月来相照④。

注解

① 幽篁（huáng）：幽深的竹林。
② 啸（xiào）：发撮口发出长而清脆的声音。
③ 深林：指"幽篁"。
④ 相照：与"独坐"对应。

诗意

　　独自坐在幽深的竹林里，一会儿弹弹琴，一会儿吹吹口哨。我一个人住在这深深的山林里，皎洁的月光、青翠的竹林、静谧的夜色都让我深深陶醉。

山居秋暝[1]

王 维

空山新雨后， 天气晚来秋。
明月松间照， 清泉石上流。
竹喧归浣女[2]， 莲动下渔舟。
随意春芳歇[3]， 王孙自可留[4]。

☀ **注解**
①秋暝：秋天的夜晚。
②浣（huàn）女：洗衣服的姑娘。
③歇：消散、逝去。
④王孙：原指豪门贵戚的子弟，这里指像诗人一样的隐士。

☀ **诗意**
　　空旷的山中，刚刚下过雨，秋天的傍晚，天气格外凉爽。明亮的月光照映着松林，泉水从石上潺潺流过。竹林中传来阵阵欢声笑语，原来是洗衣少女们归来了，水面上莲叶浮动，是打鱼的人们回家了。美好的春景任由你消歇吧，秋天的美景使我继续留在山中。

终南别业

王 维

中岁颇好道①，晚家南山陲②。
兴来每独往，胜事空自知③。
行到水穷处，坐看云起时。
偶然值林叟，谈笑无还期。

☀ 注解
①中岁：中年。
②南山陲：指辋川别墅所在地。
③胜事：美好的事。

☀ 诗意
　　中年我已存信奉佛教之心，晚年安家到南山旁边。兴致来了就独自一人欣赏欣赏山里的美景，这样的生活让我很愉快、满足。走着走着，不知不觉竟来到了流水的尽头，于是索性就地坐下仰望白云漂浮。偶然间遇见山林中的一位老者，谈笑间不禁忘了回去的时间。

09

鸟鸣涧[1]

王 维

人闲桂花落[2]，
夜静春山空。
月出惊山鸟，
时鸣春涧中。

☀ 注解
[1]鸟鸣涧：鸟儿在山中鸣叫。
[2]桂花：木犀的通称。有的春天开花，有的秋天开花。花瓣晒干可以食用。

☀ 诗意
　　春天的夜里，整座山静得仿佛连一片桂花飘落的声音都能听到，又仿佛空荡得没有半点声响。月亮悄悄滑出树梢、爬上天空，而枝头的鸟儿仿佛受惊了似的翩翩飞走，一声声的鸣叫回荡在山涧中。

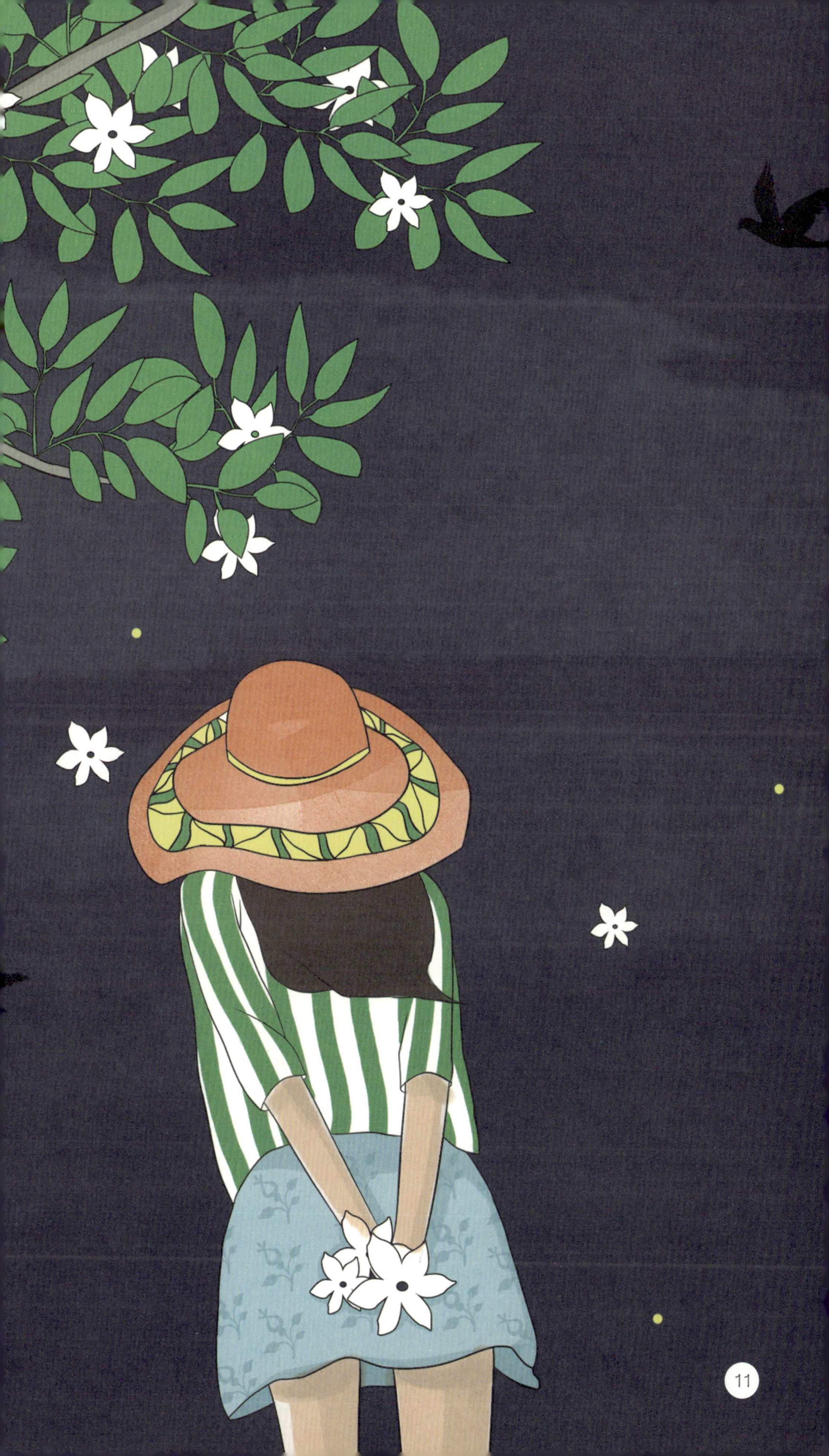

12

过香积寺

王维

不知香积寺，　数里入云峰①。
古木无人径，　深山何处钟。
泉声咽危石，　日色冷青松。
薄暮空潭曲②，安禅制毒龙③。

☀ **注解**
①入云峰：登上入云的高峰。
②空潭曲：典出佛教故事，在西方的一个水潭中，曾有一毒龙藏身，累累害人。佛门高僧以无边的佛法制服了毒龙，使其离潭他去，永不伤人。
③安禅：佛教用语，和尚坐禅时身心入于禅定。毒龙：佛家比喻邪念妄想。

☀ **诗意**
　　不知道香积寺到底在哪儿，顺着山路走了很久，来到了一片云雾缭绕的山峰，苍翠挺拔的古木丛林中几乎看不到路，循着渺远的钟声渐渐向前方走去。一路上，山泉流过高险的山石发出幽咽的声音，渐落的夕阳照着浓荫的青松。暮色降临，面对空阔幽静的水潭，看着澄清透彻的潭水，佛法可以制毒龙，亦可以克制世人心中的欲念啊。

叹白发

王 维

宿昔朱颜成暮齿[①],
须臾白发变垂髫[②]。
一生几许伤心事,
不向空门何处销[③]。

☀ 注解
①宿昔：昔日，从前的时候。暮齿：指年老时。
②垂髫（tiáo）：童子未冠者头发下垂，后常用指儿童。
③空门：泛指佛法。大乘以观空为入门，故称。

☀ 诗意
　　转眼之间，青春年少的人老去，来世转生，头发花白的人又变成了孩童。人生有多少伤心的事啊，如果不遁入空门，又该去哪里寻求精神的解脱呢？

山中寄诸弟妹

王 维

山中多法侣， 禅诵自为群。
城郭遥相望①，唯应见白云。

✹ 注解
①城郭：这里指城市。

✹ 诗意
　　山中有很多佛门的法师僧侣，他们一起自我修行，坐禅诵经。山与城郭遥遥相望，只见白云悠悠飘浮其间。

中夜起望西园值月上①

柳宗元

觉闻繁露坠， 开户临西园。
寒月上东岭， 泠泠疏竹根②。
石泉远逾响， 山鸟时一喧。
倚楹遂至旦③， 寂寞将何言。

☀ 注解
①值：碰上……的时候。
②泠泠（líng）：形容声音清越。
③倚（yǐ）：斜靠着。楹（yíng）：房屋的柱子。

☀ 诗意
  半夜了，四野万籁无声，醒来听到了露珠滴落的声音，打开门来到西园，只见一轮清冷的月亮正在东边的岭上升起，仿佛听到一泓流水穿过竹根，发出泠泠的声响。远处传来从石上流出的泉水声，似乎这泉声愈远而愈响，山上的鸟儿有时打破岑寂，偶尔鸣叫一声。我斜靠在房柱上一直等到天亮，心中的寂寞怎么能用言语来表达。

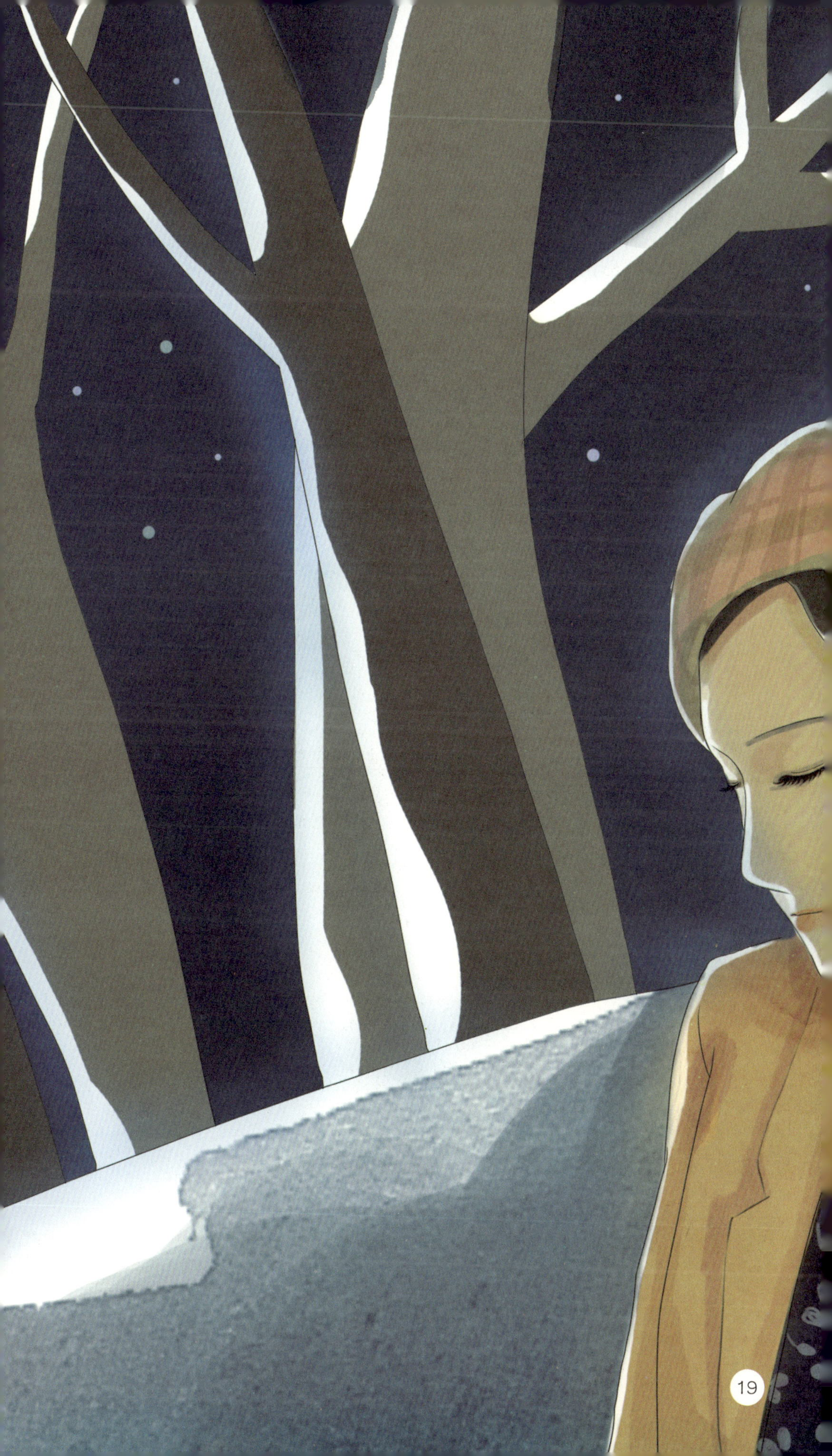

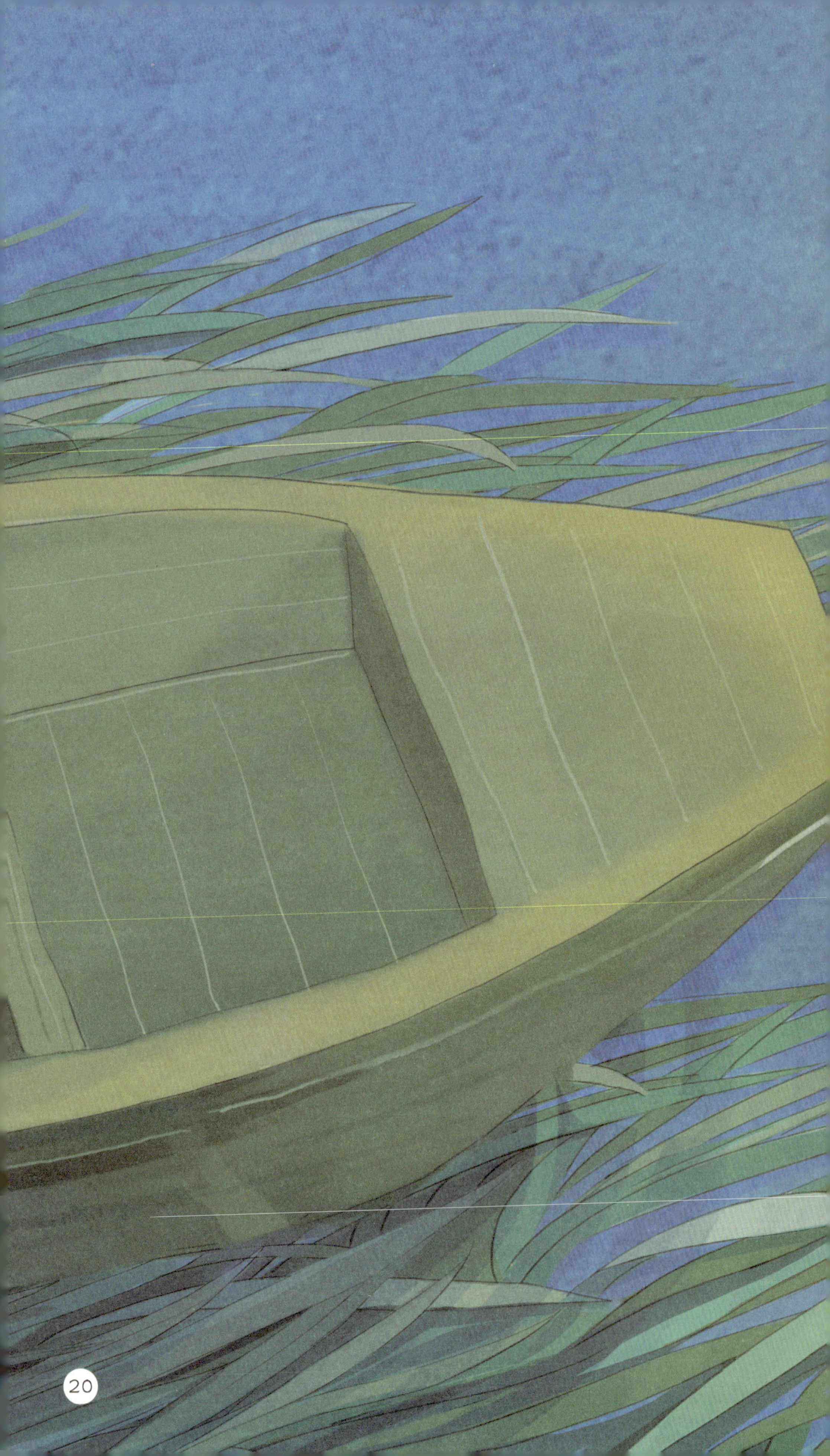

渔 翁

柳宗元

渔翁夜傍西岩宿,晓汲清湘燃楚竹①。
烟销日出不见人,欸乃一声山水绿②。
回看天际下中流,岩上无心云相逐。

☀ 注解
① 汲(jí):取水。
② 欸(ǎi)乃:象声词,摇橹声。

☀ 诗意
傍晚,渔翁把船停泊在西岩下歇息,清晨起来,他取来清清的湘江水,又点燃楚地的竹子做早饭。烟消云散日出东方,却不见了他的人影,只有青山绿水之间响着摇橹的轧轧声。回头一看,他已驾舟行至中流漂向天边,西岩顶上,白云也漫不经心地将它追寻。

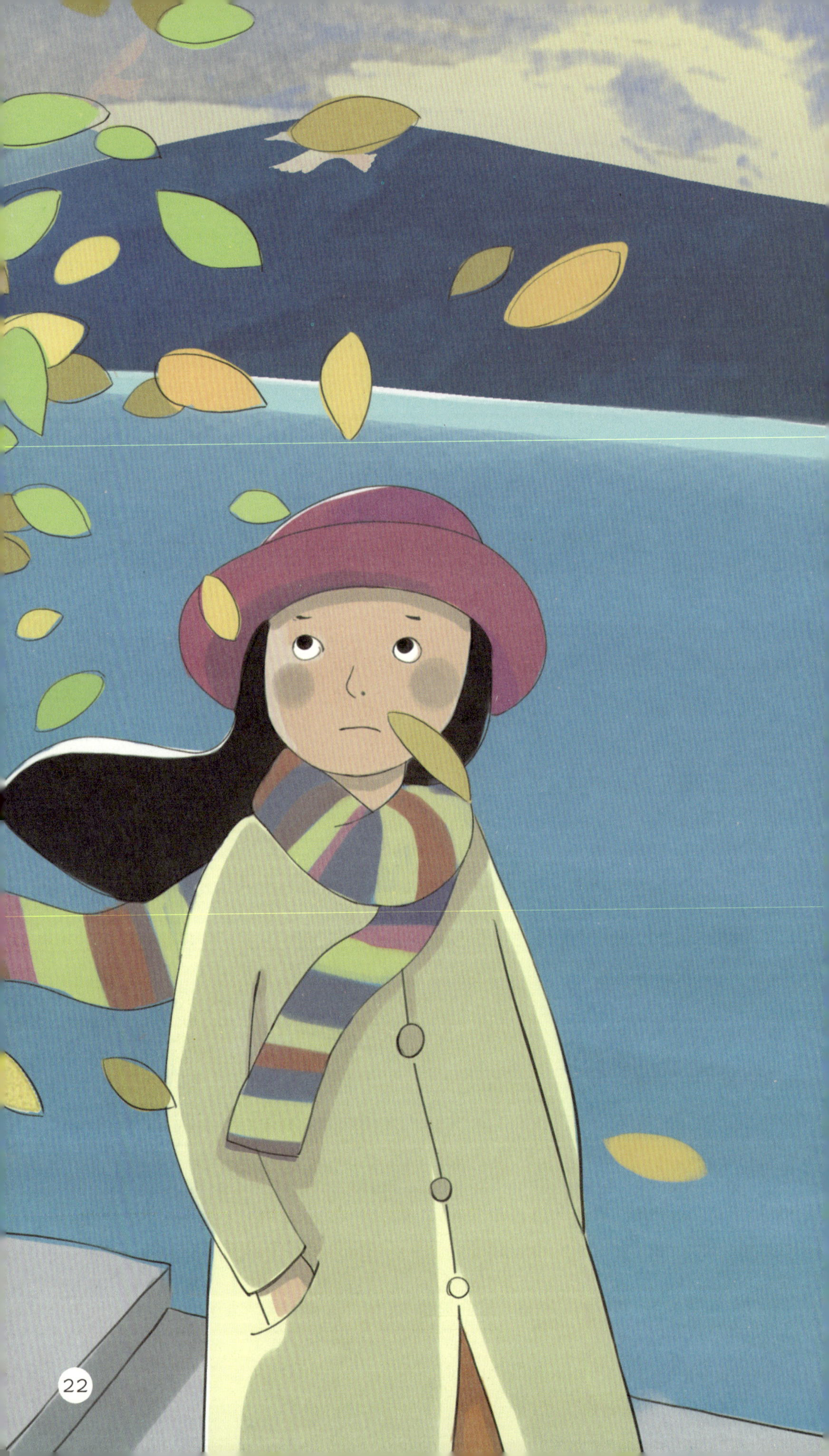

北青萝[1]

李商隐

残阳西入崦[2]，茅屋访孤僧。
落叶人何在，寒云路几层？
独敲初夜磬[3]，闲倚一枝藤。
世界微尘里，吾宁爱与憎[4]。

☀ 注解
[1]青萝：山名。
[2]崦（yān）：即崦嵫（zī），山名，在甘肃。古时常用来指太阳落下的地方。
[3]磬：佛寺中使用的一种钵状物，用铜铁铸成，既可作念经时的打击乐器，亦可敲响集合寺众。
[4]宁：为什么。

☀ 诗意
　　傍晚时分，我踏着夕阳的余晖到山里去寻访一位高僧，一路上只见落叶纷飞却不见人影，顺着曲折蜿蜒的山路不知走了多远才看到他的茅屋，黄昏的夜色中传来磬声，再走近时看到高僧正悠然地拄着藤杖等在那里，此时此景让我觉得万物皆似微小的尘埃，既然一切皆空，我为什么还会有爱与恨的欲念呢？

秋晚宿破山寺[①]

皎然

秋风落叶满空山,
古寺残灯石壁间。
昔日经行人去尽,
寒云夜夜自飞还。

☀ 注解
①破山寺:佛寺名,在今江苏省常熟市虞山北岭下。

☀ 诗意
深秋之夜,我留宿破山寺,只见山野空旷,落叶满地,只有一盏残灯孤独地照在石壁上。昔日里的香客游人都离开了,只有山中的寒云还依恋着这里,每天夜里独自在那儿飘来飘去。

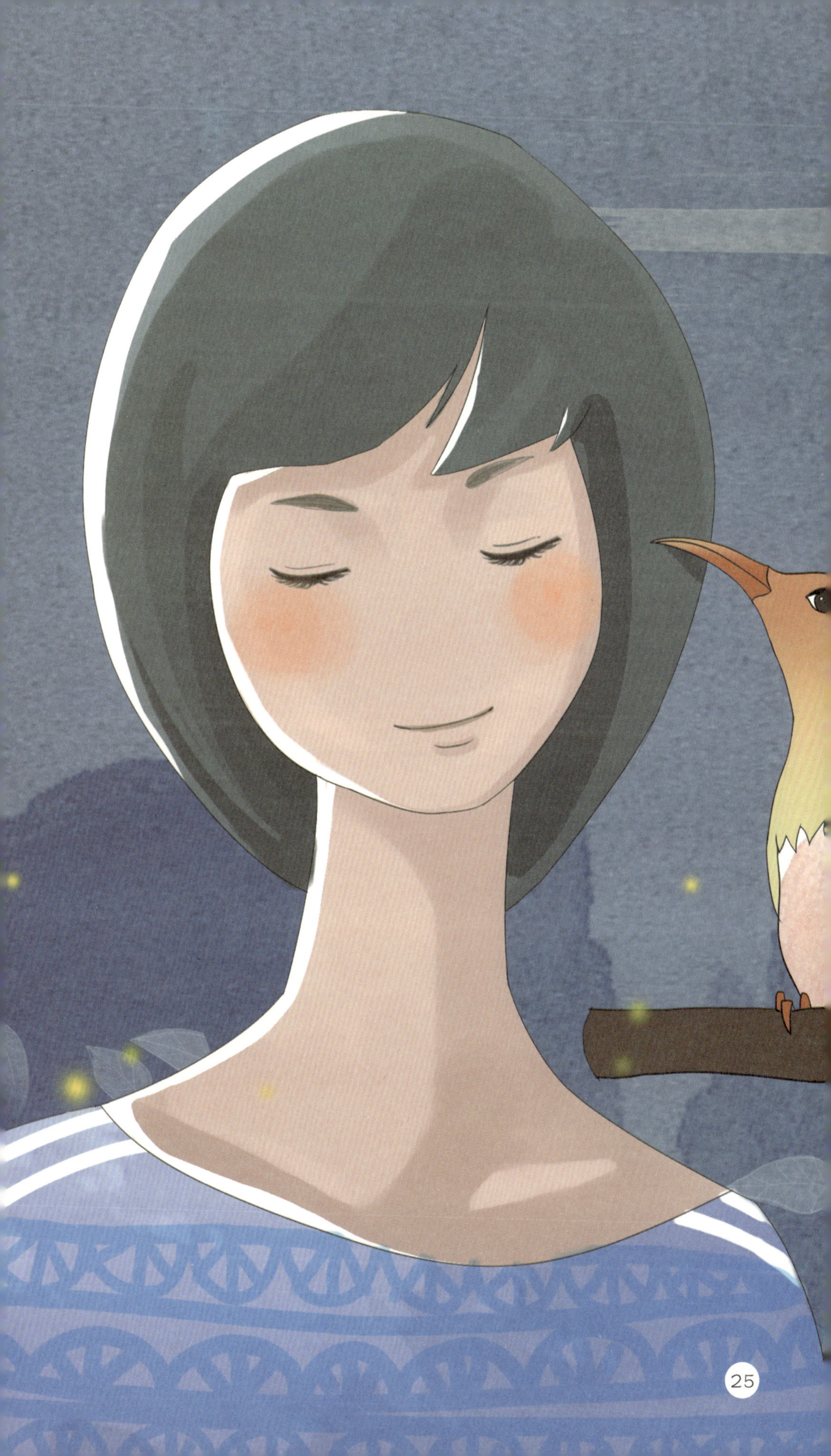

戏赠灵澈上人[1]

吕 温

僧家亦有芳春兴，自是禅心无滞境。
君看池水湛然时[2]，何曾不受花枝影[3]。

注解
①灵澈：中唐时期著名诗僧。
②湛然：清澈的样子。
③何曾：什么时候。

诗意
　　春天百花争艳的美丽景色也会激起僧人们的兴致，可是在对待芳华逝去的态度上，修禅的人自然是超凡脱俗心无挂碍的。您看池水在特别清澈的时候，水面上未尝不映出花枝的倒影。

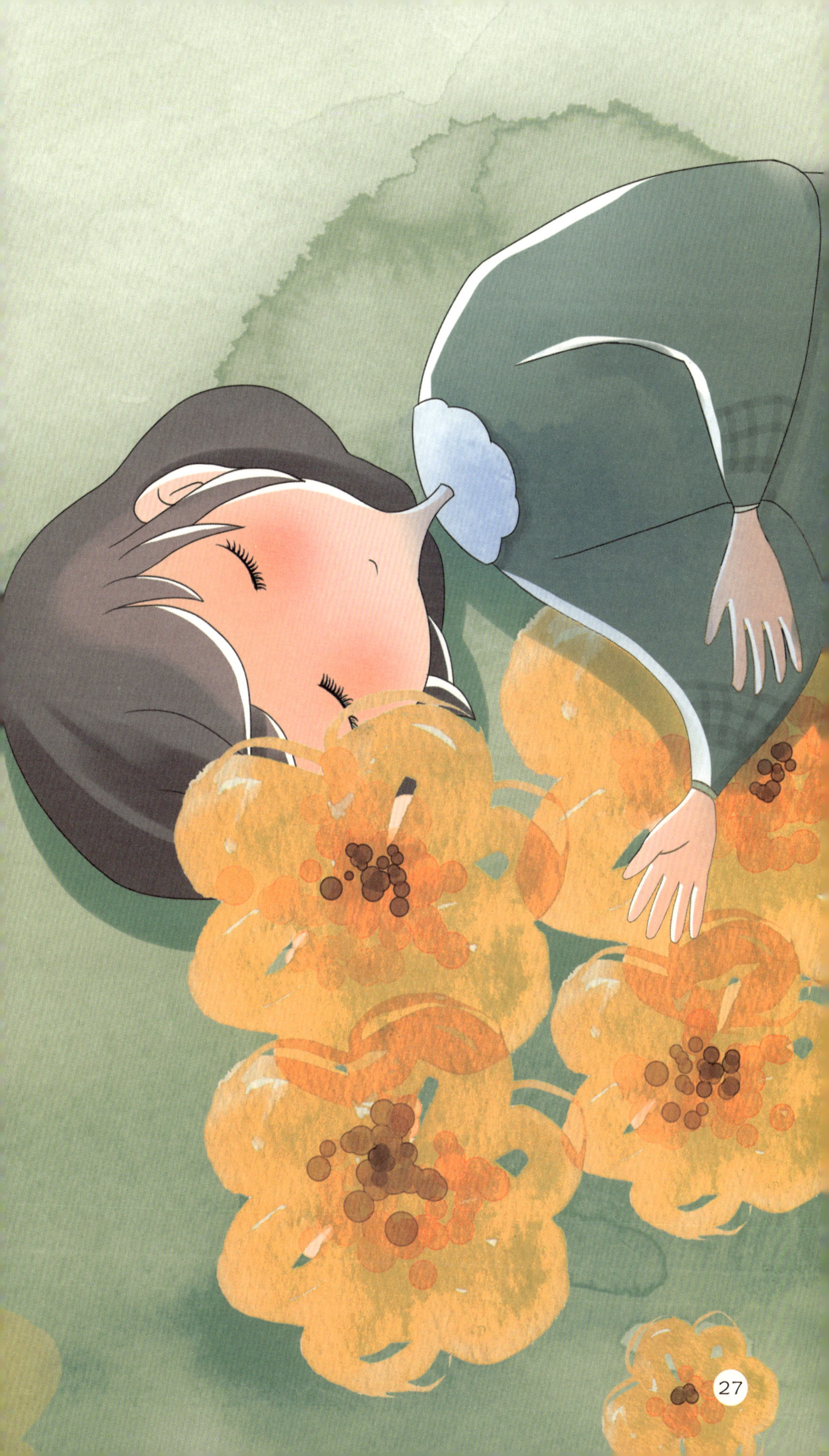

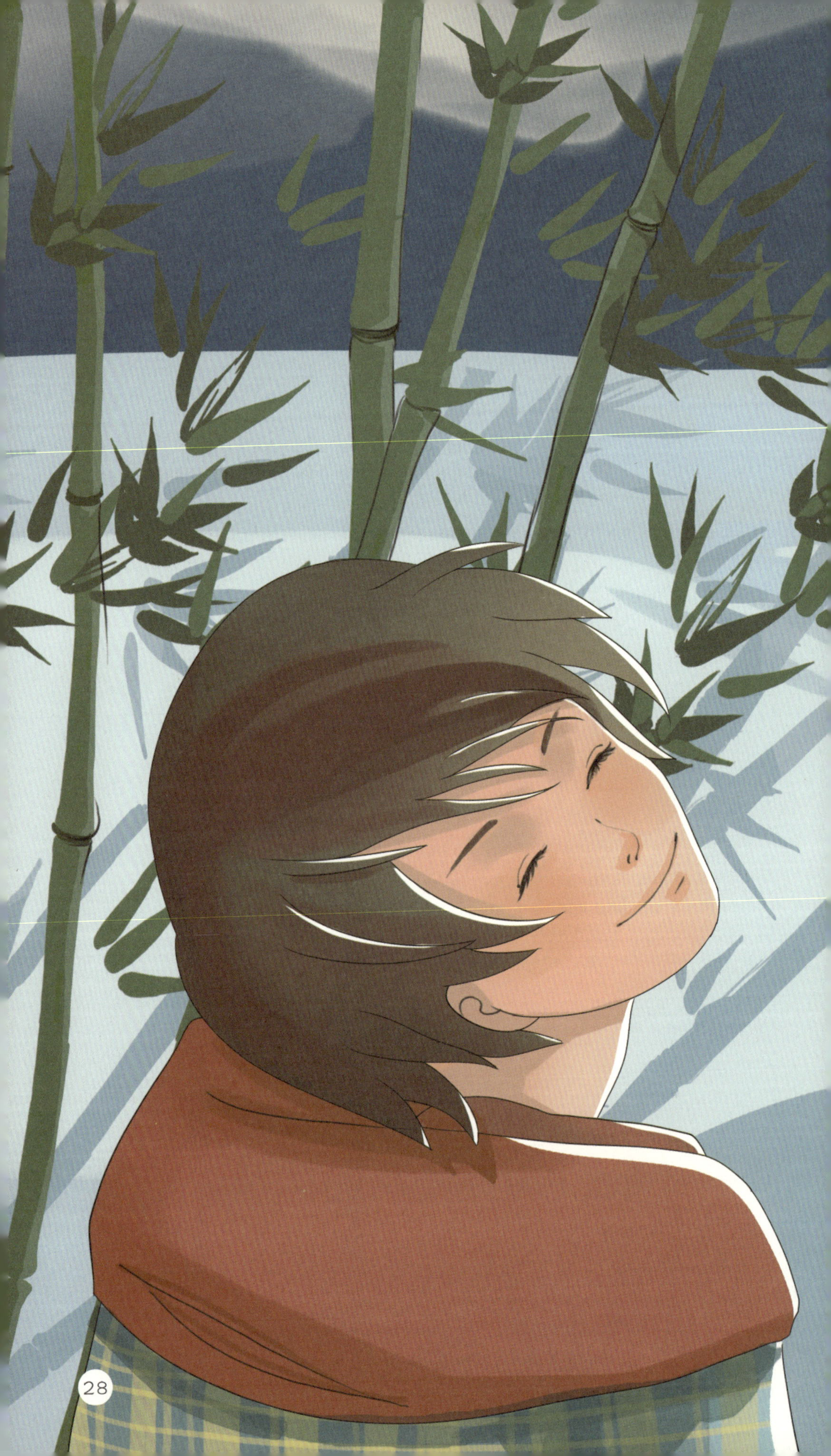

过仙游寺

卢纶

上方下方雪中路[①],
白云流水如闲步。
数峰行尽犹未归,
寂寞经声竹阴暮[②]。

注解
①上方:指建筑在山上的佛寺,这里指游仙寺。下方:指俗世。
②经声:诵经声。

诗意
　　雪后去访游仙寺,山间白云飘浮,游动于峰峦,山下流水潺潺,穿行于山谷,它们是那样地从容自在,好似在悠闲自在地散步。一番游赏后,山已行尽,依然恋恋不舍,在这寂静幽深的竹林里,传来一阵阵诵经声,绵绵渺渺,显得那样寂寞。

寻南溪常山道人隐居①

刘长卿

一路经行处，莓苔见履痕。
白云依静渚②，芳草闭闲门。
过雨看松色，随山到水源。
溪花与禅意，相对亦忘言。

☀ 注解

①道人：唐以前多称和尚为道人，现在所称道人，那时多称为道士。诗中即写到"禅意"。
②渚：水中的小块陆地。

☀ 诗意

　　上山拜访常山道人，顺着苔痕中的足迹，我一路寻来。白云悠悠，环绕着水中清静的小洲，柴门长闭，旁边碧草丛生。山雨过后欣赏着山中翠绿的苍松，山道纡绕，峰回路转，沿着山势行走来到溪流发源地。看到溪中花影，领会出禅意，见到他后也不需用言语说明了。

明月松间照,清泉石上流。

——《山居秋暝》

清风明月

Qing Feng Ming Yue

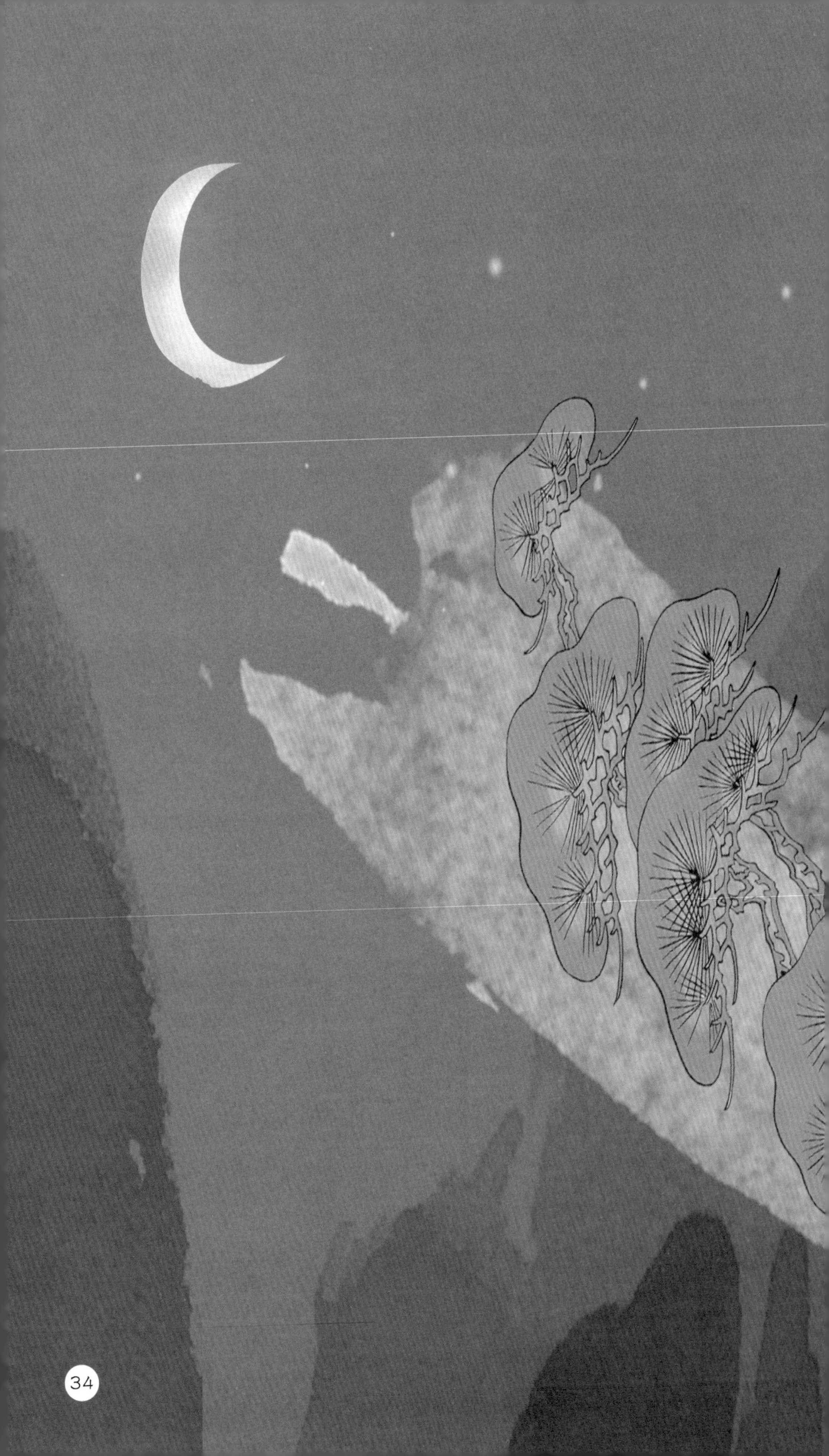

画 松

景 云

画松一似真松树,
且诗寻思记得无①?
曾在天台山上见②,
石桥南畔第三株。

☀注解
①无(fǒu):否。
②天台山:佛教天台宗的发源地,坐落在浙江天台县。

☀诗意
　　画出来的松树竟然像真的一样,让我好好想想是否在哪里见过啊,对,是天台山上那个石桥南边的第三棵松树。

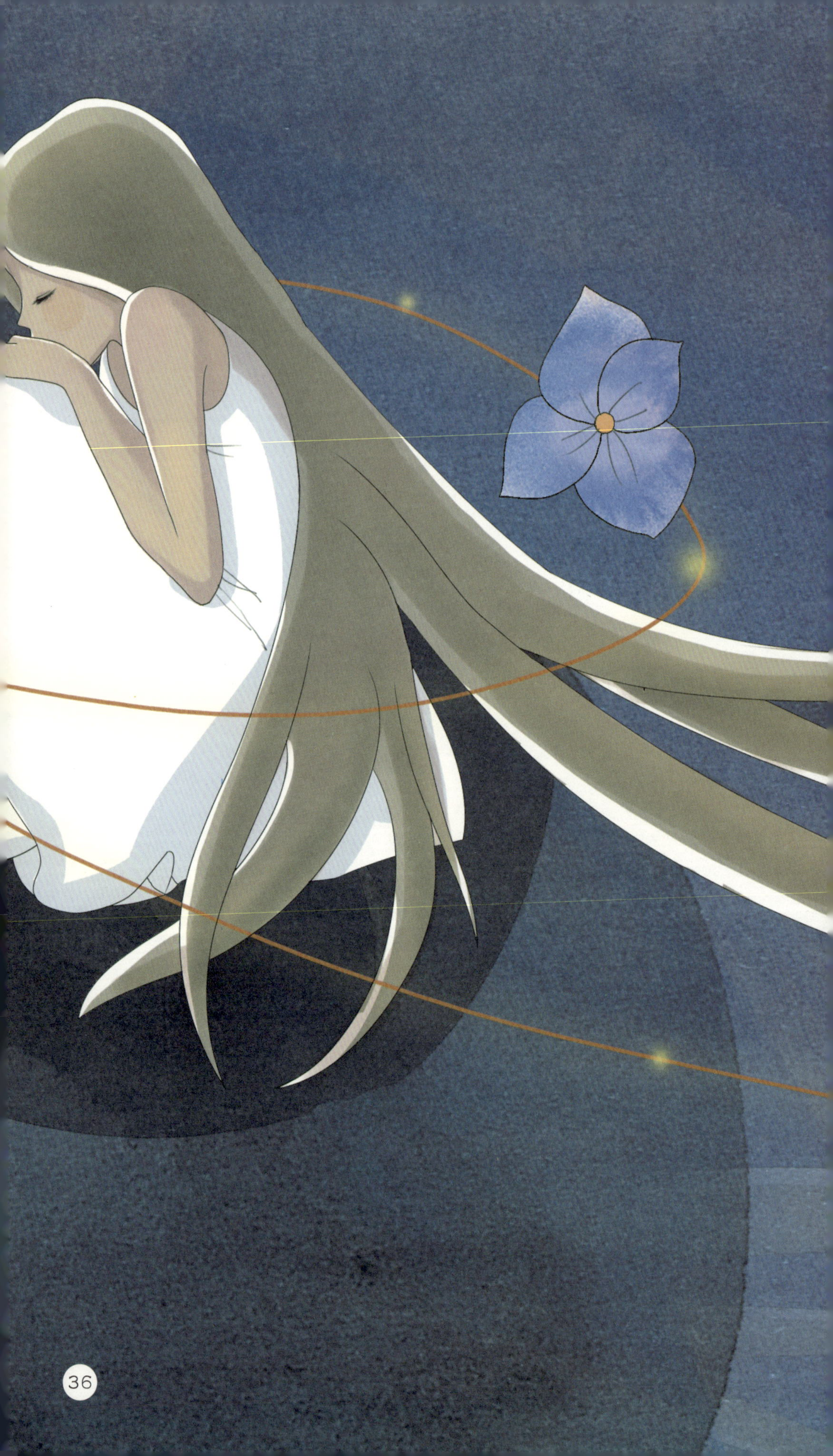

花非花

白居易

花非花,雾非雾,
夜半来,天明去。
来如春梦几多时[①]?
去似朝云无觅处。

🔆 **注解**
①春梦:比喻易逝的荣华和无常的世事。

🔆 **诗意**
　　花不是实实在在的花,雾也不是实实在在的雾。夜深之时到来,天亮之后又去了。来的时候像一场春梦,停留没有多时。去了以后,如早晨飘散的云彩,无处寻觅。

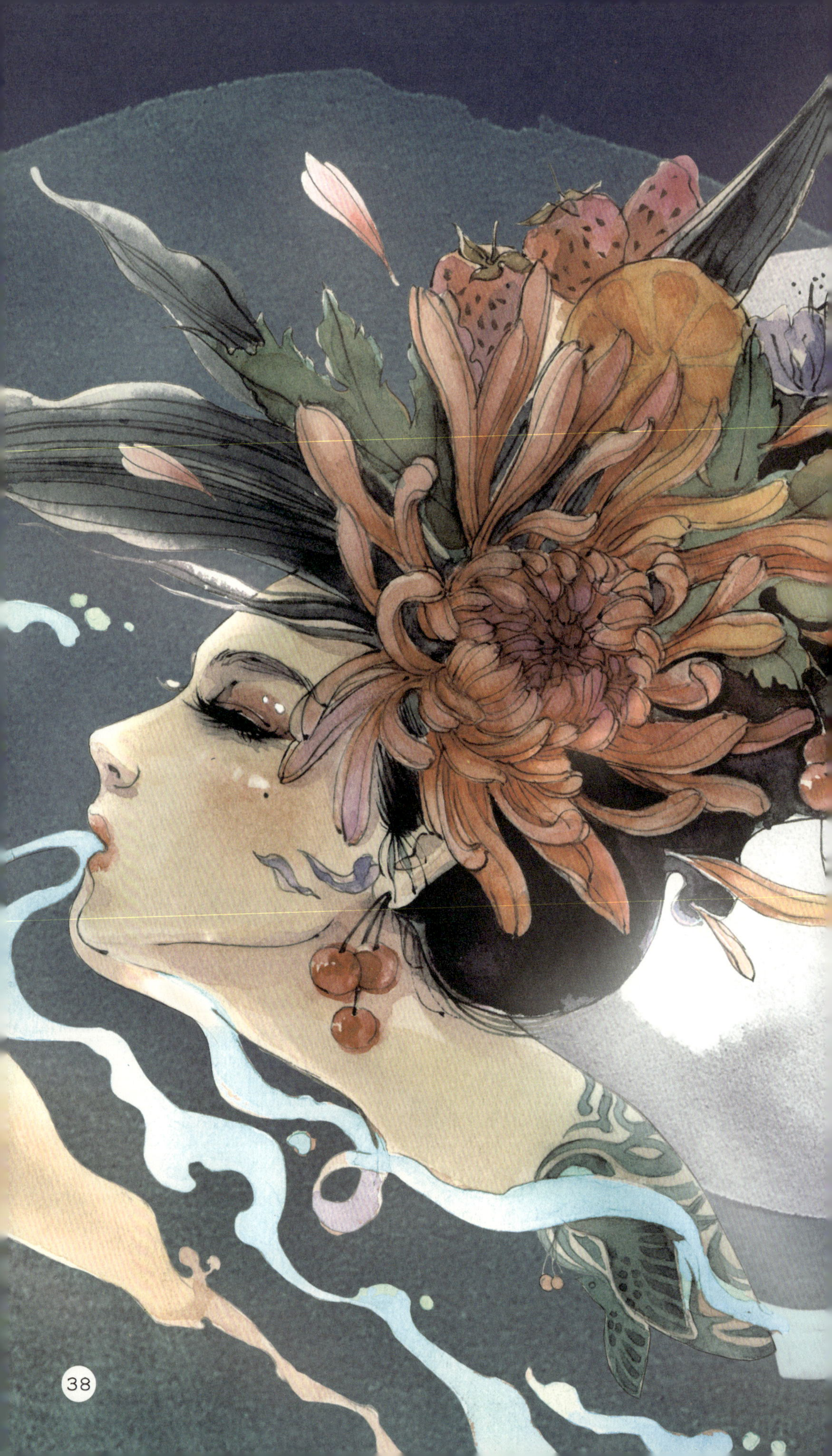

碧涧泉水清

寒 山

碧涧泉水清，
寒山月华白。
默知神自明①，
观空境逾寂②。

🔆 注解
① 默知：禅定。
② 观空：指般若智慧。

🔆 诗意
　　碧绿山涧中的泉水是那么清澈，寒山顶上的月华是那么皎白明亮。禅定的时候，自然变得智慧。观想于虚空，心境更加空寂，物我两忘。

饭覆釜山僧[①]

王 维

晚知清净理,　日与人群疏。
将候远山僧,　先期扫敝庐。
果从云峰里,　顾我蓬蒿居。
藉草饭松屑[②],　焚香看道书[③]。
然灯昼欲尽[④],　鸣磬夜方初[⑤]。
一悟寂为乐,　此生闲有馀。
思归何必深,　身世犹空虚。

☀ 注解

①饭覆釜山僧：覆釜，山名。饭僧，即是斋僧。
②藉（jiè）草：卧在草席上。松屑：指松子、松实，它被修行者奉为果腹健体之妙物。
③道书：修行得道之书。
④然：通"燃"。
⑤磬：为铜质钵形的法器。

☀ 诗意

　　晚年明白了远离世俗喧嚣的禅理，渐渐地与俗世凡人疏远了。僧人们不惧路途遥远前来拜访，我洒扫以待。宾主相见时，我们以青草为席、松子为食，在氤氲的香烟中，观览佛经、品味禅理，不知不觉已是夜色袭人，点点烛火中，声声磬响不绝于耳。苦思冥想突然领悟到禅理，此生可以安然愉悦地度过。你何必急切地要回去呢，人生的一切经历都是空虚的啊！

栾家濑[①]

王 维

飒飒秋雨中[②],浅浅石溜泻[③]。
跳波自相溅, 白鹭惊复下。

🌞 注解
①濑（lài）：石沙滩上流水湍急处。
②飒飒：风雨的声音。
③石溜：石上急流。

🌞 诗意
　　秋雨飒飒，湍急的流水从石上一滑而过、一泻而逝，水石相击时溅起的水珠像小石子似的击在白鹭身上，吓得它展翅高飞。当它明白过来这是一场虚惊之后，便又安详地落了下来。

终南山

王 维

太乙近天都， 连山接海隅①。
白云回望合， 青霭入看无②。
分野中峰变③， 阴晴众壑殊。
欲投人处宿④， 隔水问樵夫。

☀ **注解**
①海隅：海边。终南山并不到海，此为夸张之词。
②青霭：山中的岚气。霭：云气。
③分野：古人通过天上的二十八星宿的划分来标识地上的州国，称分野。
④人处：有人烟的地方。

☀ **诗意**
　　终南山高耸入云、连绵不绝，仿佛能延伸到海天相接的地方，远远看去层层叠叠的白云青气飘荡在山腰，走近了看又什么都没有，那些或高或低、或险或平的山峰各有特色。天晚了，我想要找个人家住下，于是隔着山间溪水向对面的樵夫打听。

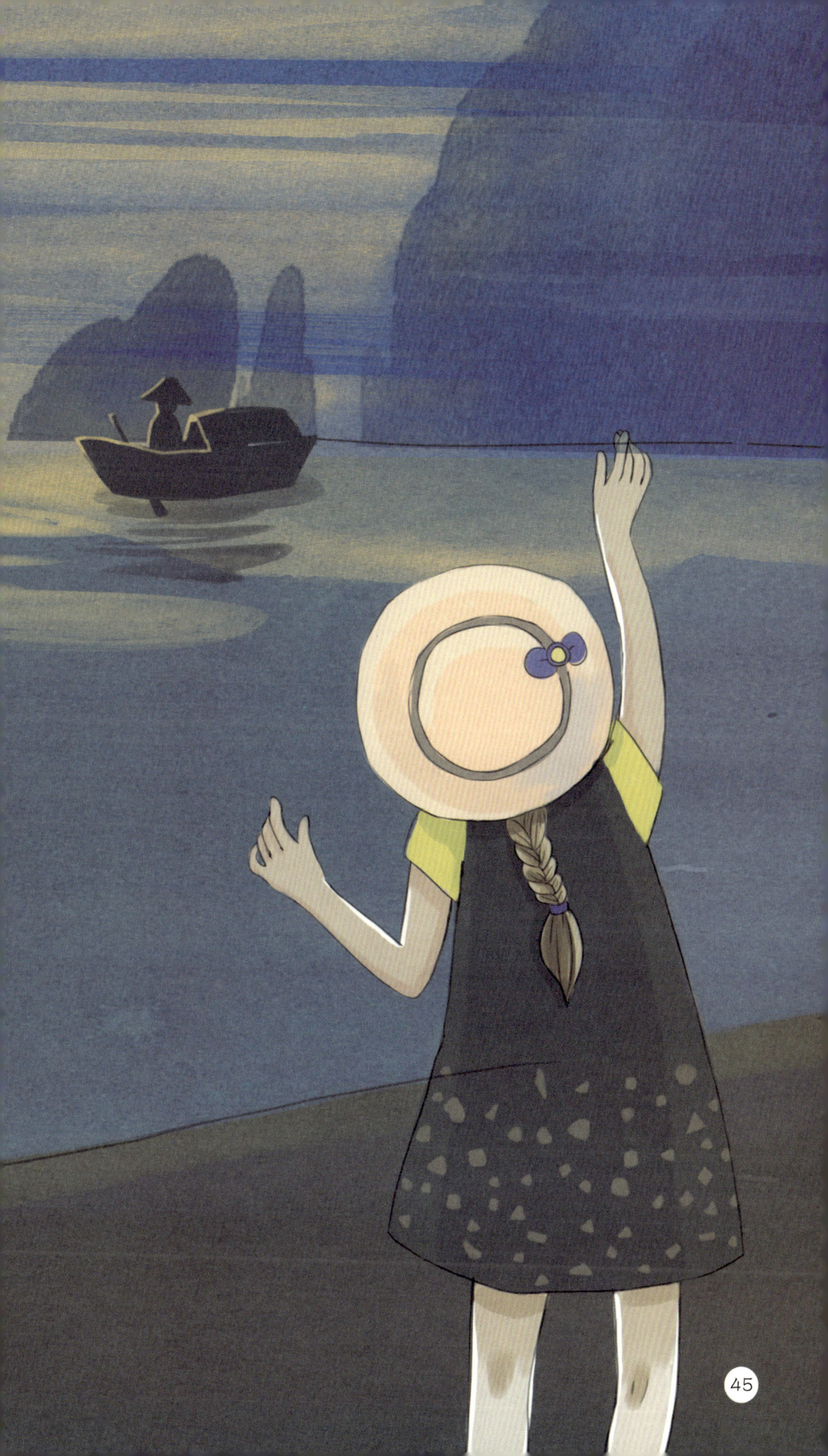

雨后晓行独至愚溪北池

柳宗元

宿云散洲渚①，晓日明村坞②。
高树临清池，风惊夜来雨。
予心适无事，偶此成宾主③。

❋ 注解
① 洲渚（zhǔ）：水中的小块陆地。
② 村坞（wù）：村庄。
③ 宾主：喻指自然景物和诗人。

❋ 诗意
夜里的雨停了，隔夜的缕缕残云从水边山地上飘散开去，初升的太阳照亮了村子。清清的池塘边高树挺立，树叶上还残留着昨夜的雨点，现在被风一吹，仿佛因受惊而洒落。恰好今天心中无烦忧之事，面对大自然的这样美景，如同宾主相待。

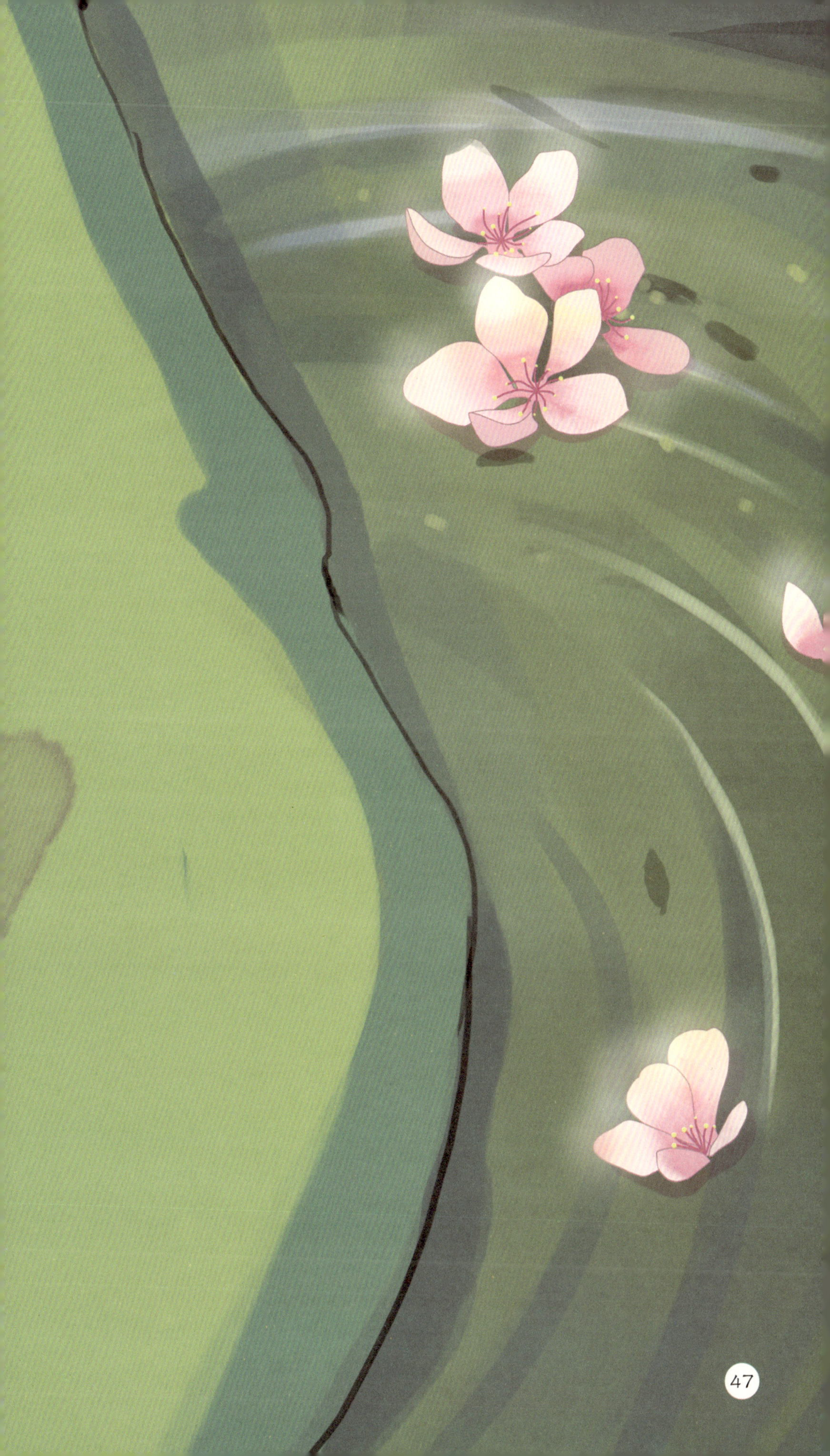

江 雪

柳宗元

千山鸟飞绝,万径人踪灭①。
孤舟蓑笠翁,独钓寒江雪。

注解
①万径:虚指,指千万条路。人踪:人的踪迹。

诗意
　　四周的山空旷得没有了飞鸟的鸣叫和踪影,山里山外的路上的一个人也没有。在那宽广平静的江上,只有披着蓑衣戴着斗笠的老渔翁,在寒冷的江上独自垂钓。

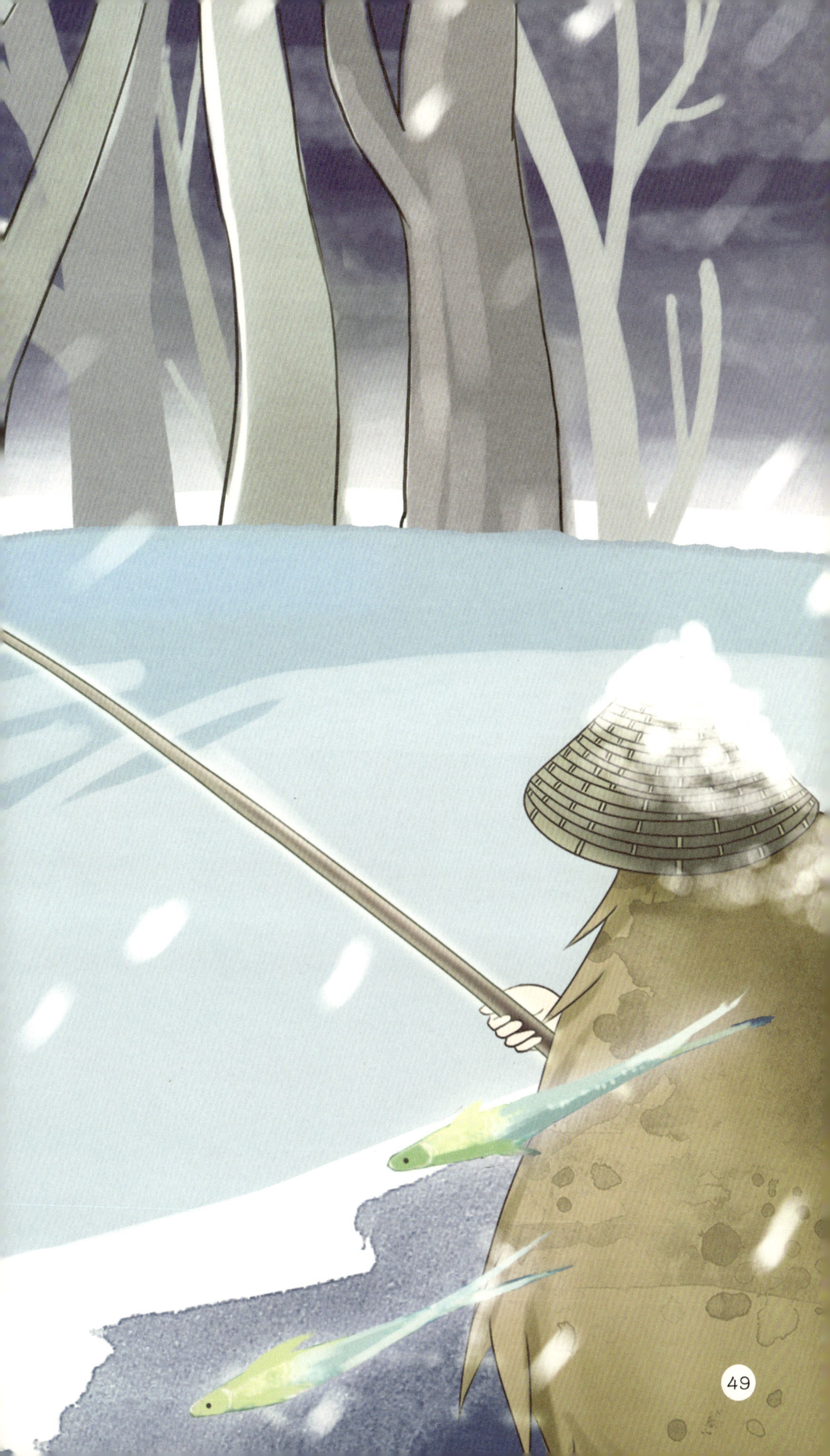

白云泉

白居易

天平山上白云泉①，云自无心水自闲。
何必奔冲山下去，更添波浪向人间！

❋ 注解
①天平山:在今苏州西二十里。

❋ 诗意
　　天平山上的白云泉周围是那样清幽静谧,天上的白云随风飘荡、舒卷自如、无牵无挂,山上的泉水淙淙潺流,从容自得。我问泉水,你既然在这里如此闲适,何必要奔向山下去,给原本纷扰多事的人间添加波澜?

52

题义公禅房

孟浩然

义公习禅寂①，结宇依空林②。
户外一峰秀，阶前众壑深。
夕阳连雨足，空翠落庭阴③。
看取莲花净，方知不染心。

✹ 注解
①义公：指诗中提到的唐代高僧。
②结宇：造房子。
③空翠：树木的阴影。

✹ 诗意
　　义公高僧习惯禅房的寂静，将房子修在空寂的树林之中。门外是一座秀丽挺拔的山峰，台阶前有很多深深的沟壑。雨过天晴，夕阳斜照，几缕未尽的雨丝拂来，树木的翠影映在禅院之中。义公选取了这样美妙的山水环境来修筑禅房，又拿出《莲花经》诵读，方知他怀有莲花一样纤尘不染的虔诚之心。

夜归鹿门歌①

孟浩然

山寺鸣钟昼已昏,渔梁渡头争渡喧②。
人随沙岸向江村,余亦乘舟归鹿门。
鹿门月照开烟树,忽到庞公栖隐处③。
岩扉松径长寂寥,唯有幽人独来去④。

☀ 注解
①鹿门:山名,在襄阳。
②渔梁:襄阳城东沔水中有鱼梁洲,即水中的小陆地。
③庞公:庞德公,东汉隐士,襄阳人。
④幽人:隐士。

☀ 诗意
　　山寺里的钟声响起,天色已经昏暗,渔梁渡口人们争着过河喧闹不已。行人沿着沙岸向江村走去,我乘着小舟返回鹿门山。朦胧的山树被月光映照得格外美妙,不知不觉中来到庞公隐居的地方。在这个与尘世隔绝的地方,周围只有山林,我这个隐者独自来来去去。

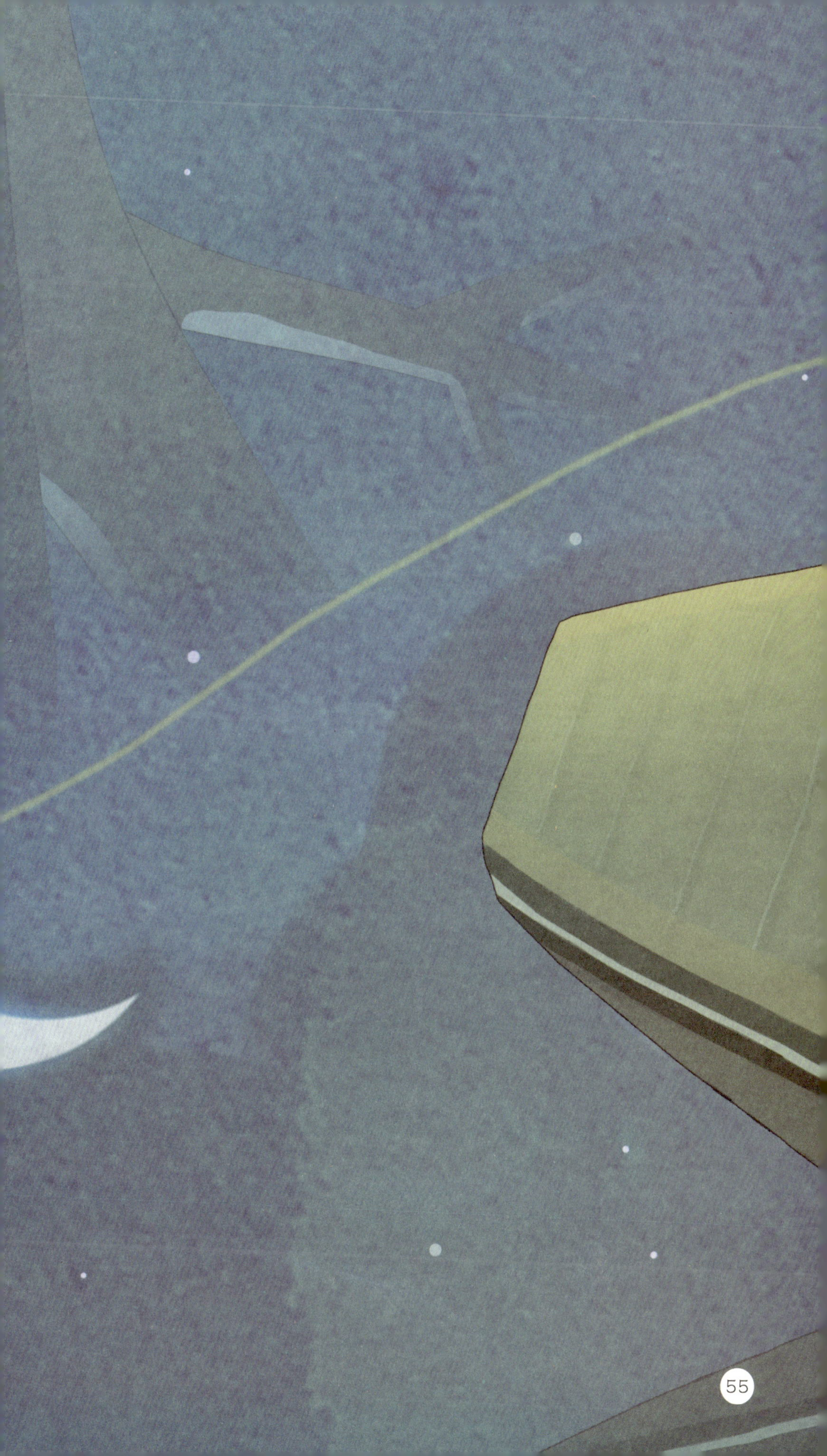

宴梅道士山房

孟浩然

林卧愁春尽，　搴帷览物华①。
忽逢青鸟使②，　邀入赤松家③。
金灶初开火④，　仙桃正发花⑤。
童颜若可驻，　何惜醉流霞⑥。

☀ 注解

①搴（qiān）帷：掀开帷幕。
②青鸟：据《汉武故事》载，西王母欲见汉武帝，先有青鸟飞来，后以青鸟比喻使者。这里指梅道士派人来请诗人赴宴。
③赤松：赤松子，传说中的仙人名。《列仙传》谓："赤松子者，神农时雨师也，服水玉以教神农，能入火自烧。这里指梅道士。
④金灶：指道家炼丹的丹炉。
⑤仙桃：《汉武帝内传》称西王母曾以玉盘承仙桃送汉武帝。这里借指梅道士家的桃树。
⑥流霞：仙人饮的酒，这里指酒。

☀ 诗意

高卧林中愁着春光将尽，掀开帘幕观赏美好的景物。忽然遇见送信的使者，原来是我的朋友梅道士邀我到他家。炼丹的炉灶刚刚生起火，院中的仙桃也正好开花。如果青春容貌能够常驻，即使喝醉仙酒又有什么可惜？

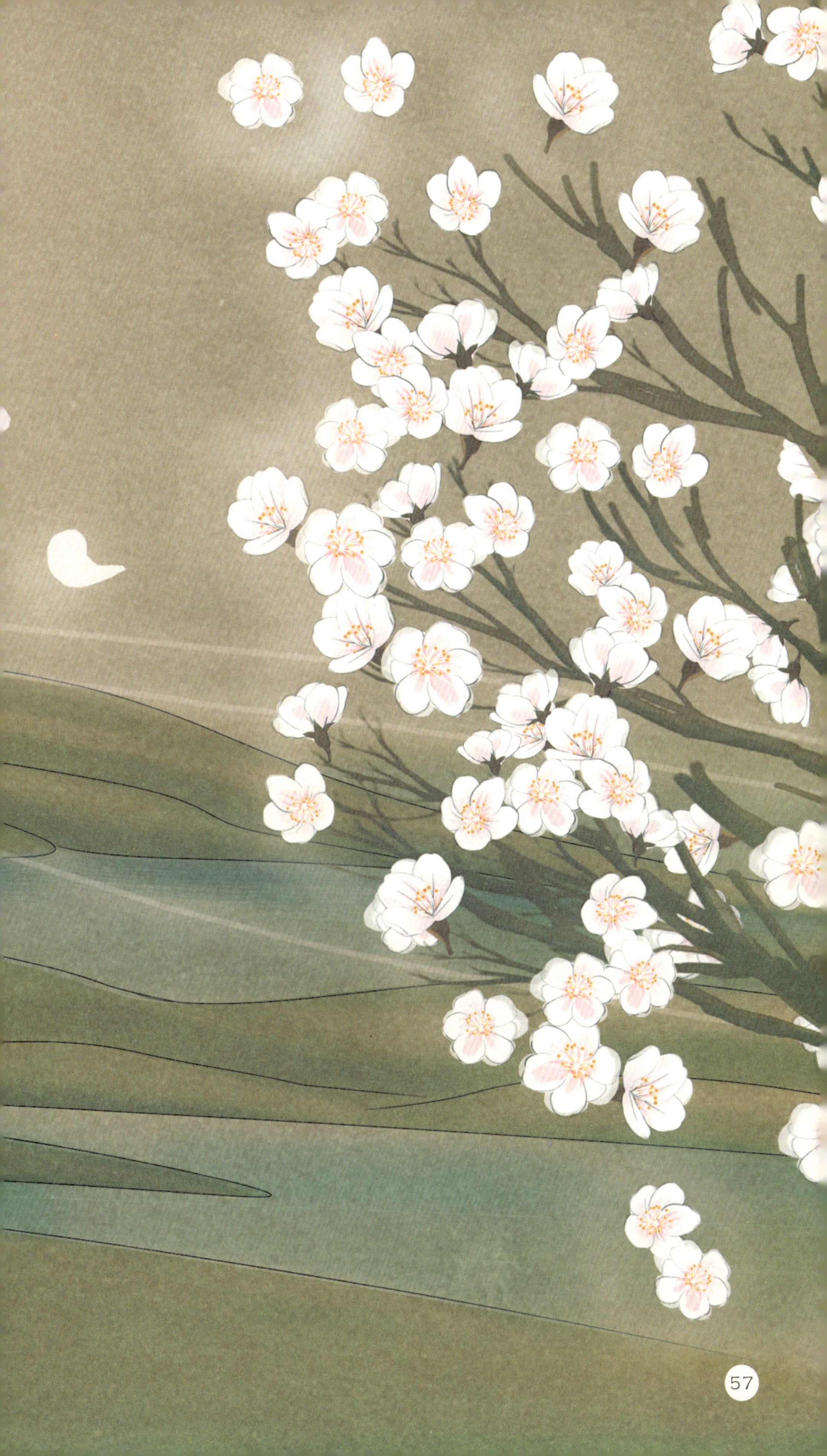

题破山寺后禅院[①]

常建

清晨入古寺，　初日照高林。
竹径通幽处，　禅房花木深。
山光悦鸟性，　潭影空人心。
万籁此俱寂[②]，但馀钟磬音[③]。

☀ 注解
[①]破山寺：即兴福寺，今江苏省常熟市北。
[②]万籁：一切声响。
[③]磬：和尚念经时敲的一种法器。

☀ 诗意
　　清晨我信步来到破山寺，那时太阳刚刚升起，阳光穿过高高的树木照下来，周围一片明亮、温暖。顺着曲折蜿蜒的林间小路来到一片花丛间的小院落，原来是禅房。在清脆悦耳的鸟叫声中，我站在清亮幽深的潭水边，原本浮躁的心绪很快平缓。悄然闭上眼睛、尽情享受这安宁的时刻，远处，一阵悠远的钟声传来。

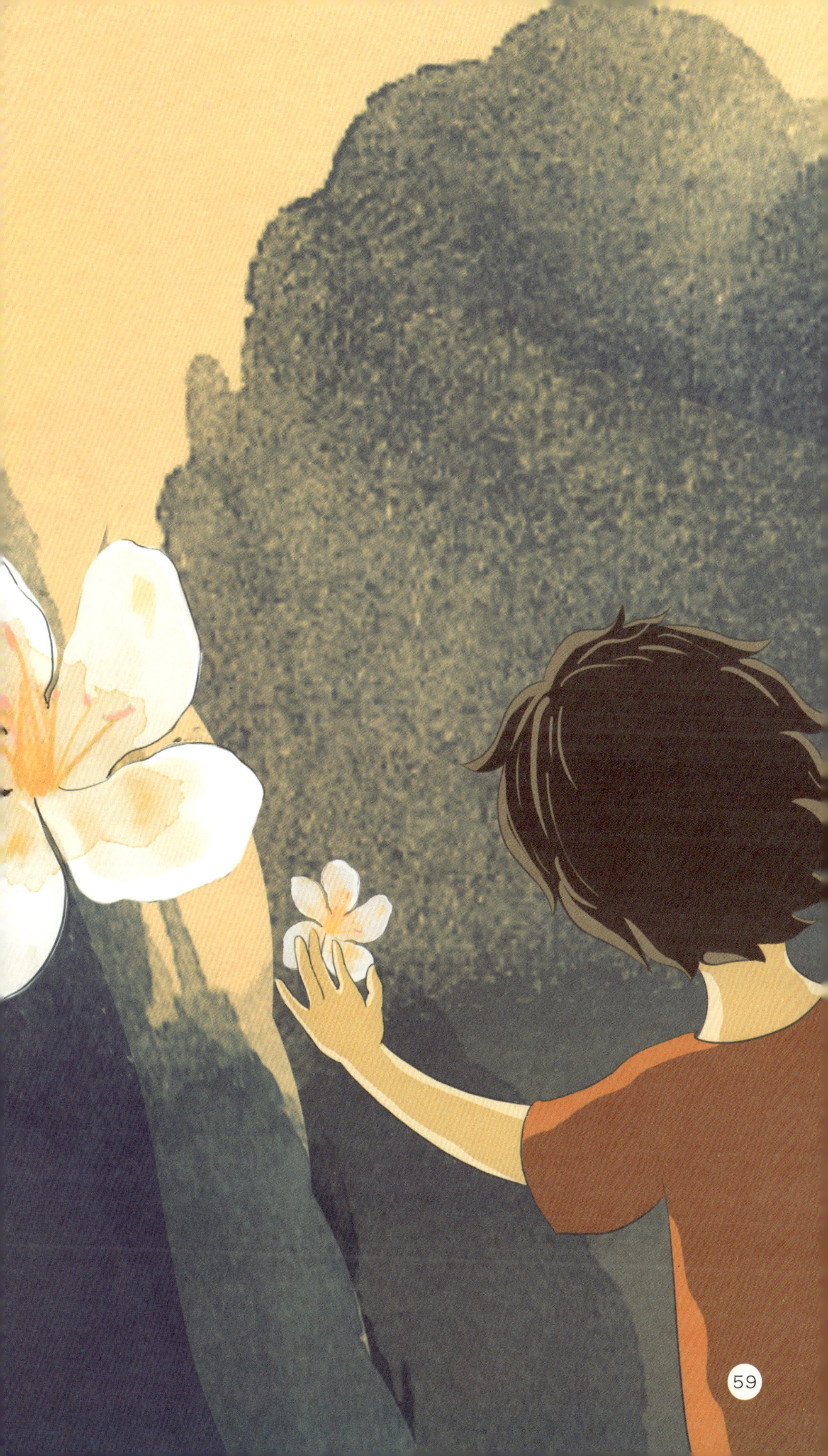

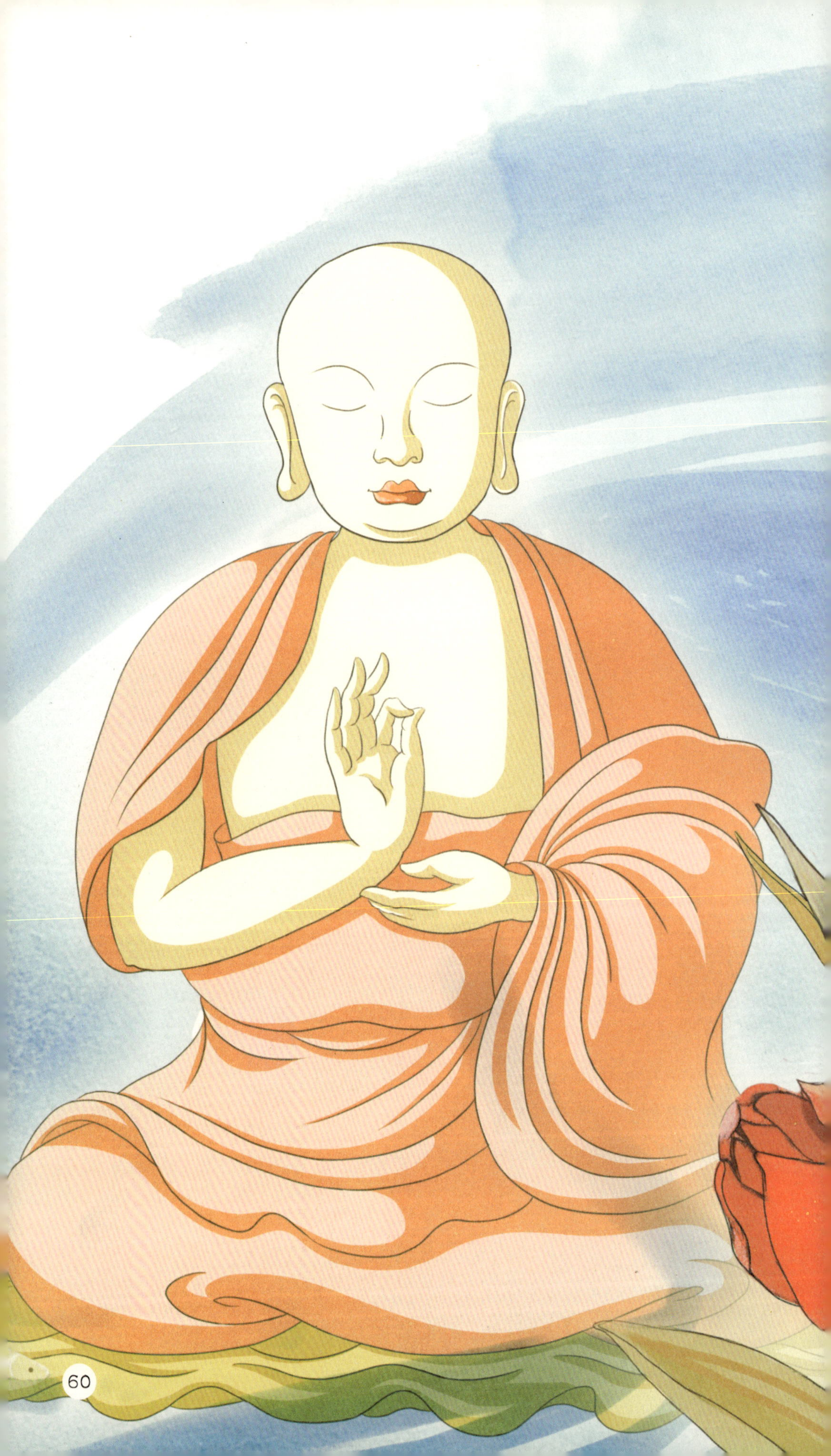

酬晖上人秋夜独坐山亭有赠送①

陈子昂

钟梵经行罢②,香床坐入禅③。
岩庭交杂树,石濑泻鸣泉。
水月心方寂④,云霞思独玄。
宁知人世里,疲病苦攀缘⑤。

注解
①晖上人:大云寺僧人圆晖。
②钟梵(zhōng fàn):寺院的钟声和诵经声。经行:在一定场所往复回旋行走,避免坐禅时发生昏沉或睡眠。
③香床:禅床,僧人修行坐禅的卧具。入禅:此处为人定,使心定于一处,止息身口意之三业。
④水月:水中之月,大乘十喻之一,以譬诸法之无实体。
⑤攀缘:攀取缘虑之意,心随外境而转的意思。

诗意
　　晖上人诵经、经行之后,又开始坐在床上禅定。庭院里树木交错,水石相激形成的急流发出淙淙的声音。禅定使人心情平静,如同水面清静时能显出月影。云霞聚散无常,青天却从来不变,如同真如佛性。世人不能停止攀缘,抛弃欲望,因此饱受痛苦。

寻陆鸿渐不遇①

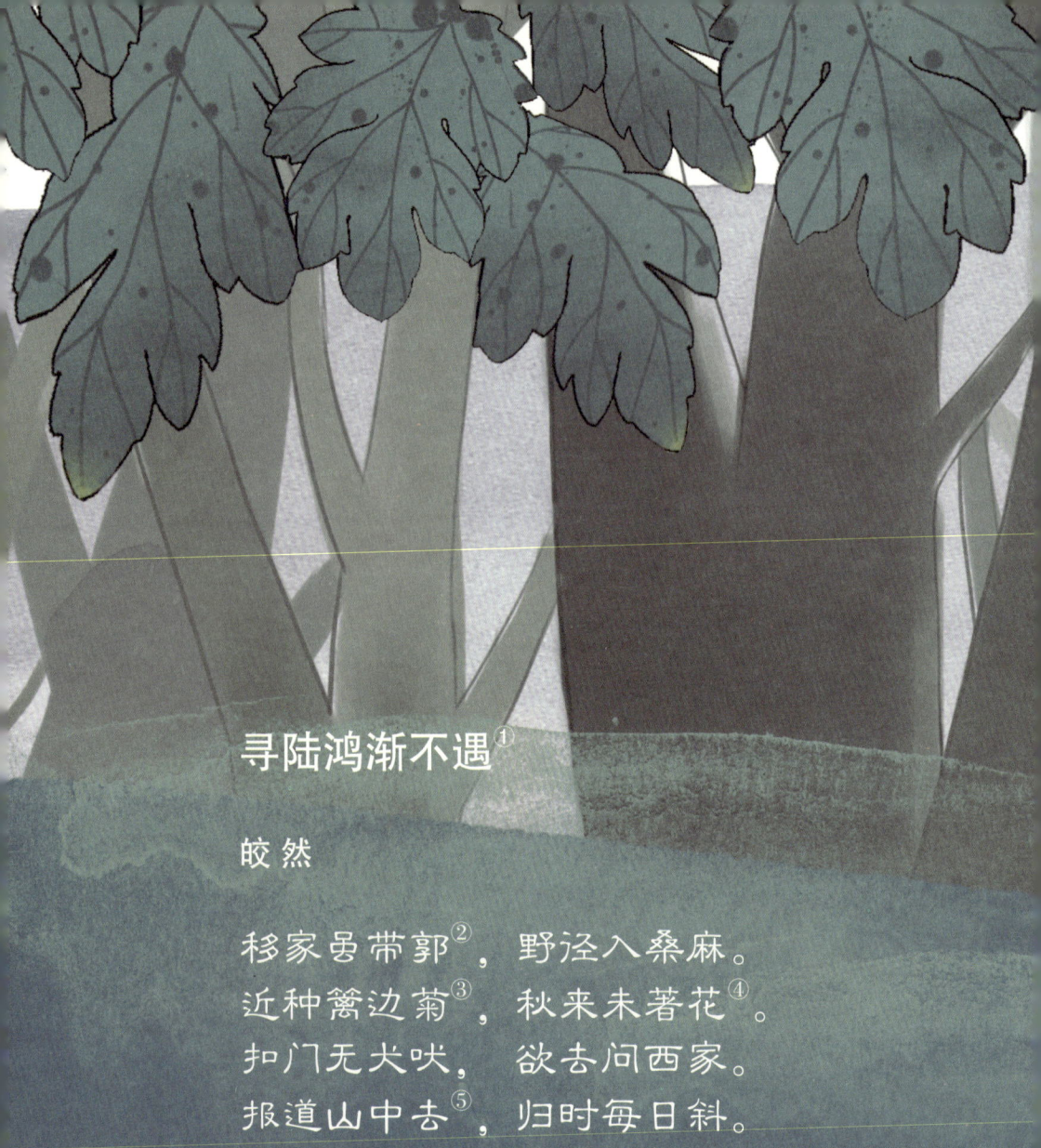

皎 然

移家虽带郭②，野径入桑麻。
近种篱边菊③，秋来未著花④。
扣门无犬吠，欲去问西家。
报道山中去⑤，归时每日斜。

☀ 注解
①陆鸿渐：名羽，以品茶著名，写有《茶经》一书，被后人称为"茶圣""茶神"。
②移家：迁居。带郭：离城不远。
③篱边菊：典出陶渊明诗"采菊东篱下"。
④未著花：还没有开花。
⑤报道：告诉。

☀ 诗意
　　陆鸿渐的新居离城不远，但已很幽静，沿着野外小径，直走到桑麻丛中才能见到。住宅外的菊花，大概是迁来以后才种上的，虽到了秋天，还未曾开花。去敲他的门，不但无人应答，连狗吠的声音都没有，还是问一问西边的邻居吧。邻居说他到山中去了，经常要到太阳西下的时候才回来。

天平山上白云泉,云自无心水自闲。

——《白云泉》

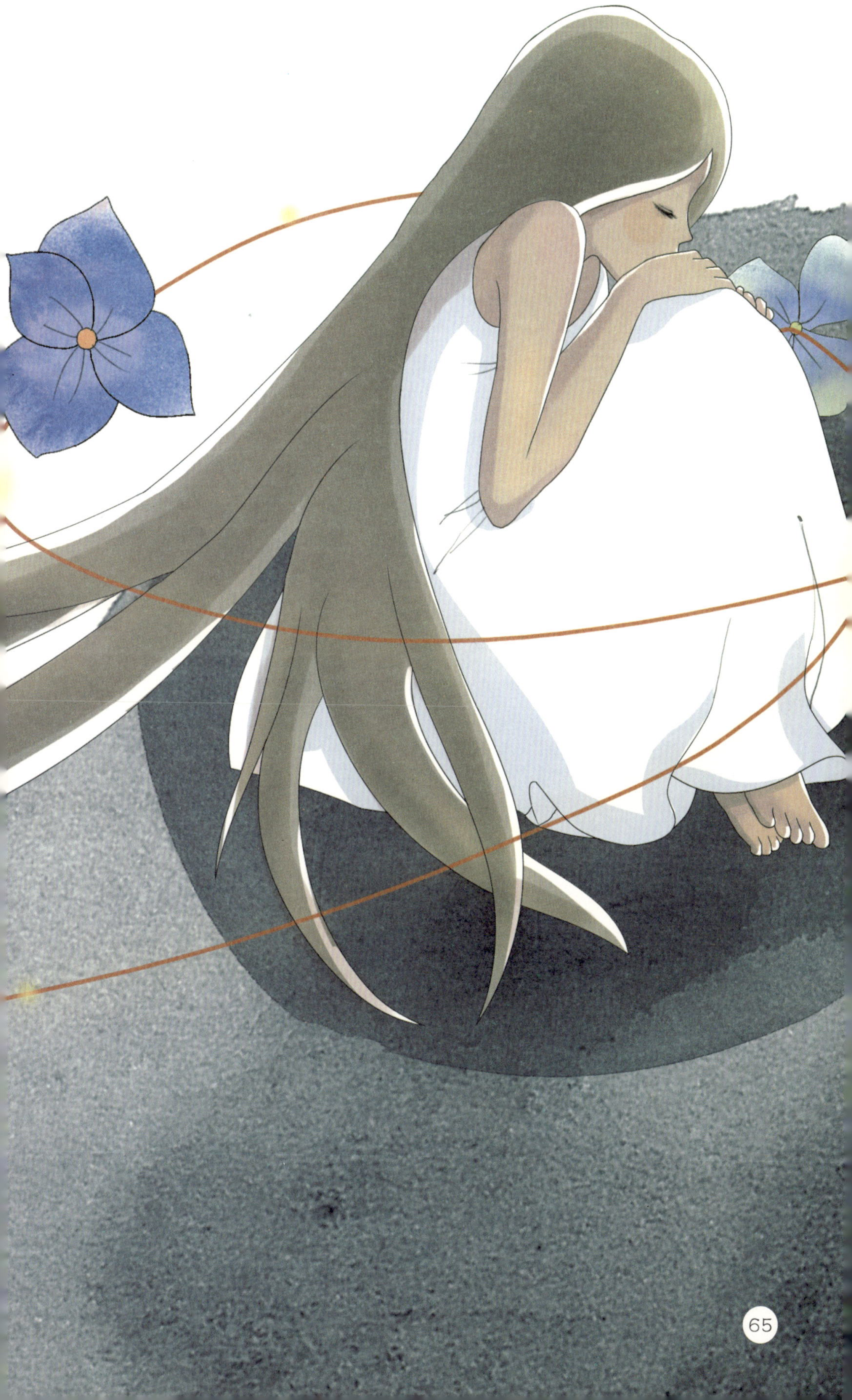